Lea Lisa Lesbos

Die Mondgöttin und der mysteriöse Todeszauber

AF177395

Mit großer Schrift

Lea Lisa Lesbos

Die Mondgöttin und der mysteriöse Todeszauber

Mit großer Schrift

 tredition

Druck und Distribution im Auftrag der Autorin:
tredition GmbH, Heinz-Beusen-Stieg 5, 22926 Ahrensburg, Germany

Print ISBN: 978-3-384-50243-8
E-Book ISBN: 978-3-384-50244-5

Dieses Buch ist allen Liebenden gewidmet.

Inhalt

Vorwort

Bei ihrem zweiten Kriminalfall im antiken Griechenland bekommen es die Mondgöttin, ihre Lebenspartnerin und die junge Elfe mit einer besonders rätselhaften Mordserie zu tun. Wer tötet zahlreiche magische Wesen auf besonders grausame Art und warum? Werden die drei auch diesen extrem schweren Fall lösen oder werden sie die nächsten Opfer des mysteriösen Täters?

Die Fee Lea

Lea gehörte zu den besonders scheuen Feen und vermied deshalb meist den Kontakt zu anderen. In Gesprächen blieb sie aus Unbeholfenheit meist stumm, lief verlegen rot an und knetete nervös ihre Hände. Für so eine scheue Person eignete sich der Besuch dieses seit langem von den Menschen vergessenen Tempels. Lea konnte sich dort ungestört umsehen, zumindest dachte dies die Arme, aber es kam ganz anders! Vor dem Tempel begegnete ihr ein ärmliches Mädchen mit Blumen in den Händen. Lea erkundigte sich zögernd: „Oh, äh, wie heißt Du?"

„Iris. Ich bringe nur ein paar Blumen für den Opfertisch."

Verlegen errötend flüstere Lea: „Öhm, hoffentlich störe ich Dich nicht?"

„Komm ruhig rein", antwortete Iris. „Du störst hier niemanden. Kein Mensch kommt mehr her. Die Leute pilgern jetzt zu neuen Göttern." Dabei verzog das Mädchen verächtlich das Gesicht.

Im Tempel

Dunkel lag das Innere des Tempels vor ihnen. Iris legte die Blumen auf den Opfertisch und ging wieder hinaus. Erleichtert lief die Fee an den Wänden entlang und bewunderte die Wandmalereien, die Verzierungen, welche durch ein schwaches Licht gerade noch ins staunende Auge fielen. Viele der Wandmalereien zeigten Bilder aus der Griechischen Geschichte, bekannte Götter, sowie besonders häufig das Bildnis der Göttin, der dieser wunderbare Tempel einst geweiht wurde. Ergriffen flüsterte Lea: „Wunderschön!" Ob es sich auf die Göttin bezog oder auf die kunstvollen Wandmalereien ganz allgemein blieb offen. Denn hinter ihr erklang eine Stimme: „Stimmt! Und dennoch verehren die Menschen jetzt lieber andere Götter!" Erschrocken drehte sich Lea um, Iris stand nun zwischen ihr und dem Ausgang. Ein Zufall? Eine Falle? Sollte sie ein Menschenopfer für die Göttin werden? Iris ging ganz langsam auf die vor Angst bebende Fee zu.

Die Göttin

Im tiefsten Entsetzen rief Lea: „Du? Du bist die Göttin! Es ist Dein Gesicht auf den Wandmalereien!"

Gelassen erwiderte Iris: „Ja, das ist mein wunderschöner Tempel. Einst beteten die Menschen mich an, brachten Opfer und versprachen ewige Gefolgschaft und Treue. Treue! Schau Dich um, wie untreu die Menschen sind! Niemand kommt mehr her. Nicht einmal die Priester, die einst ewigen Dienst für mich schworen! Nichtsnutziges Pack!" Blanker Hass schlug Lea entgegen, sie schauderte. Leitete diese Rede ihren Tod als Sühneopfer ein? Schweiß lief ihren Körper herunter, doch dann erklang es beruhigend: „Du bist jung, Du kannst nichts dafür. Lass uns draußen in der Sonne etwas Wein trinken und gehe anschließend wieder Deines Weges."

Die nun etwas beruhigte Lea genoss es sehr, mit einer einstigen Berühmtheit Wein zu trinken. Noch mehr gefielen ihr die Geschichten aus der Jugend der Göttin. Was hatte sie schon alles erlebt! Beneidenswert! Ob Lea auch eines Tages so viel erleben würde? Doch eigentlich konnte die Fee sich nicht beklagen. Wenn sie an die grausigen Abenteuer mit der extrem bösen Hexe dachte oder mit der Todesfee... Lieber ruhig und glücklich mit ihrer Lebenspartnerin in leben!

Die Mondgöttin

Langsam ging sie an den verlassenen Strand zurück, an dem ihre Lebenspartnerin Diana und die Elfe Leni saßen. Ein sehr erholsamer Urlaub, den die drei sich nach ihren Abenteuern verdient hatten. „Die Todesfalle für die Mondgöttin" nahm seinerzeit unsere Heldinnen doch sehr mit. Wie nah standen sie dort kurz vor einem besonders grausamen Tod! Da tat ein geruhsamer Strandurlaub jetzt doppelt gut. Lea setzte sich neben die Mondgöttin Diana und sprach deren Hand festhaltend: „Ich traf gerade in einem nahe gelegenen Tempel völlig überraschend die Göttin Iris. Ach, bin ich erschrocken."

Ihre Partnerin streichelte ihr sanft übers Haar: „Du Arme! Nicht alle Göttinnen sind so lieb wie ich. Vor allem die griechischen Göttinnen haben es in sich."

Lea starrte ihre Geliebte an: „Stimmt, mir ist es bis jetzt gar nicht aufgefallen! Unsere griechische Mondgöttin heißt ganz anders als Du! Wer bist Du wirklich?" Angstvoll starrte die Fee die große Liebe ihres Lebens an.

Diese küsste sie beruhigend: „Keine Angst! ICH bin die Mondgöttin. Aber nicht die griechische, sondern die römische. Als die Römer Griechenland eroberten, erweiterte sich dadurch gleichzeitig das Arbeitsgebiet ihrer Götterwelt. Wir arbeiten hier harmonisch mit den alten griechischen Göttern zusammen. Die sind oft sogar über unsere Hilfe froh, denn ihnen wurde die Arbeit oft zu viel. Es gibt ja schließlich immer mehr Menschen."

Erleichtert schmiegte sich Lea an Diana: „Ich liebe Dich, auch wenn Du NUR eine römische Göttin bist!"

Spielerisch kitzelte Diana die Fee. Deren Gekicher hörte die Elfe Leni. Schmunzelnd überlegte sie: „Diese beiden Turteltauben! Wie schön muss doch die Liebe sein!"

Strandspiele

Lea rief spielerisch: „Leni hilf mir! Eine fiese römische Göttin foltert mich arme Griechin!"

Leni erwiderte grinsend: „Ach, das schadet Dir nichts! Du wirst langsam sowieso viel zu aufsässig!"

Lachend steckte die Fee ihr die Zunge heraus: „Warte ab! Nachher bist Du dran!"

Ironisch verdrehte die Elfe die Augen: „Ich bin dran? Wollt Ihr mich armes Mädchen etwa verführen?" Dabei schaute sie so betont unschuldig, dass ihre Freundinnen in ein lautes Gekicher ausbrachen, welches Diana mit einem Aufschrei beendete: „Zuerst werde ich diese vorlaute griechische Fee verführen! Die hat es verdient!"

Während die beiden wild schmusten, ging Leni, die dies schon lange gewöhnt war, baden. „Die beiden sind verliebt wie am ersten Tag. Das es sowas in unserer Zeit noch gibt! Wunderbar!" Die große Liebe zwischen ihnen wuchs sogar noch. Dies gab Lea viel Selbstvertrauen, die sie immer ein kleines bisschen selbstbewusster machte. Sie war zwar wie Leni noch sehr scheu, aber bei Weitem nicht mehr so extrem schüchtern wie früher.

Die Kriegerin

Während unser verliebtes Paar noch fleißig am Strand miteinander kuschelte, näherte sich ihnen unbemerkt eine voll bewaffnete Amazonenkriegerin. Die Begegnung mit Bewaffneten gehörte seinerzeit keineswegs zu den guten Omen, sondern brachte meist Arbeit für die Todesgöttin. Immer näher kam die Amazone. Erfolgte gleich der Tod des völlig ahnungslosen Pärchens? Oder wollte die Kriegerin etwas anderes? Geld? Stellte dies einen bewaffneten Überfall dar? Leni sah die Amazone am Strand laufen, errötete darauf heftig, denn sie badete nackt, was ihr jetzt ein Gefühl der Hilflosigkeit bescherte. Während ihre Freundinnen weiterhin kuschelten, achteten sie niemals auf Lenis Nacktheit beim Baden. Doch mit dieser Amazone war es was anderes. Sollte Leni dennoch aus dem Wasser rennen und ihre Freundinnen warnen? Doch die Elfe befand sich zu weit im Meer. Es bestand nicht die geringste Chance rechtzeitig näher zu kommen. Leni sah die Amazone das nun aufgeschreckte Paar ansprechen. Was sagte sie? Während die drei miteinander sprachen, schwamm Leni schnell an den Strand zu ihrer Kleidung.

Schock

Zutiefst erschrocken starrte das hilflose Liebespaar die stolze Kriegerin an. Wenn diese nun angriff, hatten die beiden nicht die geringste Chance zur Verteidigung.

Doch die Amazone sprach nur trocken: „Entschuldigung. Könnt Ihr kurz auf meine Rüstung aufpassen, während ich mich erfrischen gehe?"

Fassungslos konnten unsere Freundinnen nur bestätigend nicken. Die Kriegerin kommentierte weder die Liebesszene, die sie gerade störte, noch schämte sie sich, sämtliche Kleidungstücke und ihre Rüstung in ihrer Gegenwart abzulegen. Langsam lief sie völlig nackt ins Meer.

„Welch schöner Körper!", rief Lea verzückt. „Da könnte ich leicht in Versuchung kommen."

Neckisch hauchte Diana: „Du hast doch mich, Du Unersättliche. Reiche ich Dir nicht?"

Keck meinte Lea: „Ach, so eine Amazone als Nachtisch, wäre jetzt genau die richtige Abrundung des Nachmittages. Ein kleiner Nachschlag."

Diana witzelte: „So klein ist die gar nicht! Davon abgesehen: Amazonen geben sich mit so kleinen vorlauten Gänsen wie Dir nicht ab!", worauf ein verliebtes Gerangel folgte.

Wichtige Nachrichten

Eine Weile später stolzierte die Kriegerin wie Venus aus dem Meer, was unseren Heldinnen völlig den Atem raubte. Welch stattliche Gestalt! Was für ein ungeheures Selbstbewusstsein! Nicht die geringste Scham!

Lea meinte keck: „Also Leni! Da naht Dein Sonntagsbraten, vernasche ihn."

Die Elfe murmelte errötend: „Warum ich?"

„Weil ich ja LEIDER schon gebunden bin", erwiderte Lea so ironisch, dass ihr es einen Klaps von Diana einbrachte.

„Was heißt hier LEIDER? Ich bin die zu Bedauernde, weil ich mich mit so einer unersättlichen Heuschrecke abgeben MUSS!" Woraufhin wieder ein spielerisches Gerangel einsetzte.

Völlig kommentarlos zog sich neben ihnen die Amazone wieder an und sagte: „Passt auf! Ein seltsamer Mörder geht um, der wahllos magische Lebewesen tötet: Elfen, Feen, Hexen..."

„Puh! So werde ich die diese Hexe hier vielleicht endlich los", bemerkte die kesse Lea.

„Wart's nur ab, nachher gibt's Erziehungsunterricht für vorlaute kleine Mädchen", erwiderte Diana aufgeheitert, schlug aber dann einen sehr ernsten Ton an: „Wer der Mörder wohl ist? Ein Verrückter?"

Eine gute Frage. Vor allem: Was versprach er sich davon?

Beeren sammeln

So gingen die Gespräche eine Weile, Mutmaßungen wurden aufgestellt, doch niemand kam auf eine wirklich zündende Idee. Die Amazone schlug vor: „Lasst uns im Wald ein paar Beeren pflücken, bevor es dunkel wird. Denn abends sind wir am Strand viel sicherer als im Wald. Derzeit ist im Halbdunkel Essen suchen eine sehr schlechte Idee."

So liefen die vier in den nahen Wald. Die Kriegerin hielt sich mit Leni etwas abseits: „Na, kleine? Wollen wir etwas Spaß miteinander haben?"

Die Elfe errötete zutiefst, wand sich vor innerer Scham. „Ähm, ja – nein - ich kann es einfach nicht." Verunsichert zitterte sie am ganzen Körper.

Die Amazone überlegte: *„Ach, die ist ja noch ganz jung und unschuldig. Jungfrauen verwirrt so eine Frage immer sehr. Ich werde das schüchterne Ding etwas feinfühliger erobern müssen."*

Leni schossen wirre Gedanken durch den Kopf. Einerseits würde sie sehr gerne wie ihre Freundinnen die Liebe kennenlernen. Es schien viel Spaß zu machen. Aber Leni konnte sich doch nicht einfach vor einer völlig Fremden ausziehen oder sich gar von ihr berühren lassen! Zumal von einer so kräftigen Frau, deren Stärke die Elfe noch schüchterner als sonst machte. Und dennoch sehnte sie sich nach Liebe! Eine Zwickmühle ohne Ende.

Das andere Paar

Sanft zog Lea Diana hinter einem Gebüsch zu Boden. „He, was soll das ?“, fragte Diana scheinbar ahnungslos. „Ich dachte, wir wollten Beeren sammeln?“

Verliebt flüsterte Lea: „Ich habe gerade eine besonders süße und schöne Beere gefunden, die ich nun vernaschen will.“

Diana schmunzelte: „Du kleine Naschkatze! Komm doch näher, wenn Du es wagst!“ Lea wagte es sehr gerne, hätte es von selber sowieso getan. Diana fragte während des Schmusens: „Was wohl die beiden anderen machen?“

„Dasselbe wie wir, würde ich sagen“, erklärte die Fee.

„Glaubst Du wirklich diese prächtige Kriegerin steht auf unerfahrene Elfen?“

„Ich denke schon. Da sie selber so stark ist, wird die Amazone als Kontrast etwas Zarteres wollen. Gegensätze ziehen sich an.“

„Ja, so wie bei uns beiden. ICH bin ja soooo zart“, witzelte Diana. Nach einigen Küssen hakte sie nach: „Glaubst Du, Leni steht auch auf Frauen? Meinst Du nicht, dass sie eher auf junge Männer steht?“

Völlig überzeugt kam es von der Fee: „Nein, ich glaube nicht, dass sie auf Männer steht. Männer würden sie noch mehr verunsichern. Sie ist extrem scheu und gehemmt. Wenn sie die Liebe findet, dann nur mit einer sehr verständnisvollen Frau. So wie ich. Ohne Dich hätte ich mich nie an die Liebe gewagt. Schon allein wegen meiner Komplexe hässlich zu sein und von anderen nackt ausgelacht zu werden.“

„Du Arme“, flüsterte Diana zärtlich.

Das Attentat

Während die Amazone Leni sanft übers Haar streichelte, um sie doch noch zu überzeugen, raste plötzlich aus dem Gebüsch ein grässlicher Satyr: „He, Kleine! Du bist meine Süßspeise zum Abendessen!"

Bevor die beiden reagieren konnten, raste ein magischer Blitz auf die drei zu. Statt wie beabsichtigt Leni zu treffen, tötete dieser den Satyr. Erschrocken blickten die beiden sich um. Von wo schoss der Attentäter den Blitz ab? Und warum? Energisch ging die Amazone auf die nächsten Gebüsche zu. Leni bewunderte ihre absolute Selbstsicherheit, die geschmeidige Bewegung ihres muskulösen Körpers. Doch die Kriegerin fand keine Spur des Angreifers.

Inzwischen waren auch ihre Freundinnen herbeigeeilt: „Es ist Euch doch nichts geschehen?", riefen sie entsetzt.

Die Amazone beruhigte: „Nein, nein! Aber es ist mir ein völliges Rätsel, warum jemand dieses besonders süße Mädchen töten wollte."

Bei „süßes Mädchen" errötete Leni wieder stark, knetete nervös ihre Hände. War sie wirklich so süß? Wäre ein zärtlicher Abend mit der Fremden nicht vielleicht doch schön? Völlig verunsichert grübelte Leni: „Was will ich wirklich?" Dabei fiel ihr Blick auf ihre beiden Freundinnen. Zerzauste Haare, verrutschte Kleidung sagten ihr, wie diese die Zeit verbrachten.

Die Fremde

Abends lagen alle vier am Strand. Leni und die Amazone schliefen schon fest, nach dem die Kriegerin noch einen gescheiterten Annäherungsversuch wagte. Unser Pärchen kuschelte wie jeden Abend verliebt, als wieder eine Gestalt sie zutiefst erschreckte.

„Da könnte ich doch fast neidisch werden, wenn ich Euch so sehe! Ihr wisst, was wirklich Spaß macht!"

Lea rief verblüfft: „Aphrodite, die Liebesgöttin!"

„Ich kam nur, um Euch zu warnen! Es wäre schade, um so ein schönes Paar wie Euch! Passt gut auf. Der unheimliche Mörder hat inzwischen schon wieder zugeschlagen! Diana als Mondgöttin sollte nachts über Euch wachen. Sie kann sich ja notfalls mit der Amazone abwechseln, damit Diana auch noch Zeit für Wichtigeres hat. Nicht wahr, Lea?"

Die Fee lief so blutrot an, wie schon lange nicht mehr. Trotz ihrer langen Partnerschaft machte es sie noch immer verlegen, wenn außer Leni jemand etwas von ihrer Beziehung auch nur ahnte. Die Elfe wusste inzwischen vermutlich sowieso schon alles Wichtige.

„Ich wollt Euch nur noch mal an die große Gefahr erinnern! Viel Spaß noch und passt dennoch ein bisschen auf. Nicht, dass der Mörder Euch so überrumpelt wie ich!"

Am Morgen

Bei Sonnenaufgang besprachen unsere Heldinnen den Besuch von Aphrodite. Fest sah die Kriegerin Leni an: „Schade, dass es hier nur ein Liebespaar gibt. Zwei Paare wären viel besser."

Nervös blickte die Elfe weg, während Diana keck rief: „Ach, nimm halt mich!" Was ihr einen zärtlichen Stoß von Lea einbrachte. Danach entkleidete sich die Amazone wie von selbstverständlich wieder vor aller Augen und ging baden.

Alle drei verbliebenen Freundinnen seufzten schwer: „Welch ein herrlicher Körper! Ach, wäre ich doch auch nur halb so schön!", erklang es dreistimmig im Chor.

Diana tröstete Leni: „Du bist viel hübscher, viel weiblicher als die Amazone. Die ist ja fast schon ein Mann! Wenn ich diese vorlaute Göre hier nicht am Hals hätte, würde ich Dich sofort nehmen!"

Worauf sich Lea spielerisch auf sie warf: „Ich werde Dir zeigen, wer hier die vorlaute Göre ist!"

Leni lachte: „Ihr seid beide so süß! Ich kenne niemanden, der so nett wir Ihr ist! Und so verspielt!" In Gedanken fügte die Elfe hinzu: „*Und wo nachts so besonders aufregende Spiele zu zweit genießt!*"

Bewunderung

Lea und Diana bewunderten den schönen, voll durchtrainierten Körper der Amazone. Wunderbar! Doch sie selber zogen mädchenhafte Frauen vor. Frauen, die sich im Verhalten etwas kindliches bewahrten, dennoch sehr weiblich aussahen. Beide überlegten: „Ob diese in jeder Hinsicht sehr männliche wirkende Amazone das Herz Lenis gewinnen wird? Oder ist sie ihr zu ernst, selbstbewusst, männlich wirkend?"

Über ihre eigenen Partnerinnen machten sich beide keine Sorgen. Ihre Beziehung war fest, tief, von großer Liebe getragen. Aber die arme Elfe? Worauf stand sie wohl? Männer? Frauen? Welche Art von Frauen? Beide neigten zur Ansicht, dass die Elfe Frauen deutlich vorzog, dies sagten ihnen deren schüchterne und dennoch sehnsüchtigen Blicke schon lange. Lea sagte später zu Diana: „Ich glaube nicht, dass sie mit der Amazone gehen wird. Leni ist äußerst scheu. Das übergroße Selbstbewusstsein der Kriegerin würde sie noch schüchterner machen, noch mehr an sich selber zweifeln lassen."

Ihre Geliebte erkundigte sich: „Woher willst Du das wissen?"

„Weil ich genau vom selben Typ bin wie sie. Ich kann nur mit einem mädchenhaften und verständnisvollen Wesen glücklich sein."

„Das weiß ich auch schon lange", erwiderte Diana und streichelte ihre Freundin.

Verliebt?

Völlig verunsichert ging es Leni durch den Kopf: „Sie ist sehr schön, vielleicht wäre die Amazone doch was für mich? Aber liebe ich sie wirklich? Passt ihr Charakter zu mir? Sie ist doch etwas herb, hat nicht mal ihren Namen genannt. Und ihre kräftige Gestalt, mag ich sowas wirklich? Ist eine körperlich und seelisch weiblichere Frau wie Lea nicht eher was für mich? Aber wer weiß? Vielleicht liegen mir Männer sogar noch mehr? Nein, ich glaube nicht. Ich kann mir schon kaum vorstellen, nackt mit einer Frau zu kuscheln. Aber in den Armen eines Mannes zu sein, das ist für mich noch viel undenkbarer! Also doch die Amazone oder lieber irgendwann eine Frau in der Art von Lea oder Diana? Was will ich wirklich? Soll ich überhaupt mit jemanden schlafen? Was ist, wenn mir das gar keinen Spaß macht?" So überlegte die arme Elfe endlos hin und her, verwirrt schüttelte sie ihren Kopf. „Woran merke ich, dass ich jemand wirklich liebe? Ist Liebe bereits das Interesse, welches ich für die selbstbewusste Fremde habe?" Später erkundigte sie sich völlig ratlos und auf-gelöst bei Lea: „Meinst Du, ich werde jemals eine Partnerin finden? Ist die Amazone was für mich, um so glücklich wie Du zu werden?"

Beruhigend streichelte Lea ihr durchs Haar: „Lass die Kriegerin! Du bist so schüchtern, wie ich es war, Du kannst wie ich nur mit einer verständnisvollen Frau glücklich werden. Mit einer sehr, sehr lieben Frau in der Art von Diana. Die Amazonen sind für uns zu hart im Charakter." Seufzend fügte sie hinzu: „Aber schön ist sie doch! Wer weiß, was passiert wäre, wenn sie mir vor meiner Zeit mit Diana über den Weg gelaufen wäre.

Eine heiße Affäre? Doch wie ich schon sagte: Du brauchst jemand ganz liebes, um aus Dir herauskommen zu können. Habe Geduld!"

Errötend gab Leni ihr einen schnellen Kuss auf die Backe: „Du bist süß! Ich werde jemand wie Dich suchen! Schade, dass Du ganz im wörtlichen Sinn schon belegt bist!"

Kichernd antwortete Lea: „Freches Ding, Du! Na, dann gehe ich mal mich wie ein Brot belegen lassen, bevor Diana noch auf Dich wildes Ding eifersüchtig wird. LEIDER zu Unrecht!", fügte sie schelmisch hinzu. In Wirklichkeit konnte und wollte die Fee sich keine andere Partnerin als Diana denken. Wer das große Glück in Händen hält, braucht es nirgendwo anders zu suchen.

Angriff

Plötzlich zuckte ein grüner Strahl aus dem Wald, der die arme Amazone tödlich traf. Wieder schlug der Mörder zu! Mit schlechtem Gewissen dachten alle drei: „Da läuft ein mörderischer Irrer herum und wir kümmern uns nur um unsere Liebe!"

Es muss dazu gesagt werden, dass sie es nur sehr wenig bedauerten. An erster Stelle kam die Liebe, alles andere weit danach. Doch ließ sich die Gefahr nun wirklich nicht mehr ignorieren. Erst starb der Satyr, dann die stolze Kriegerin. Warum? Was hatten die Opfer gemeinsam? Welcher Sinn steckte hinter diesen Anschlägen? Gab es überhaupt einen Sinn? Wie dem auch sein, es wurde Zeit, ihre detektivische Erfahrung endlich wieder einzusetzen! Wer wusste schon, wen es sonst als Nächstes traf?

„Das wird er bereuen!", rief Diana im Voraus sieges-bewusst. „Euch kleinen Küken kann in Begleitung der Mondgöttin nichts passieren! Lasst uns deshalb zusammen den fiesen Mörder fangen! Frauen stehen zusammen und schlagen unaufhaltbar zurück!"

Leni flüsterte zu Lea: „Bin ich froh, dass es keine von Euch beiden getroffen hat! Was wäre ich ohne Euch?", fügte die Elfe zitternd hinzu. Worauf Lea sie beschützend in den Arm nahm. Leni war doch einfach zu süß und schützenswert.

Die Jagd beginnt

Diana schlug vor: „Lasst uns in dem Waldgebiet suchen, aus dem der tödliche magische Blitz kam. Vielleicht finden wir dort Spuren des Täters oder Zeugen des Angriffs."

Lea seufzte spielerisch: „Oh, ich hätte jetzt lieber was anderes mit Dir im Wald getan, als Spuren suchen!"

Ironisch verdrehte Diana die Augen: „Ach, was habe ich mir da bloß mit Dir geangelt! Nimm Dir ein Beispiel an Leni. Die denkt nicht immer an solche Sachen." Dabei zwinkerte sie Leni lächelnd zu.

Lea rief: „Ach, die Arme! Sollen wir sie in unsere Spiele miteinbeziehen?"

Natürlich meinte Lea es nur als Scherz und so fiel auch die Antwort aus: „Bist Du aber unersättlich! Ich glaube wirklich, ich sollte mir lieber ein nettes, liebes Mädchen suchen. Jemand wie Leni…"

Leni errötete tief. Meinte Diana es etwa ernst? War es nur ein Scherz? Könnte sie es über sich bringen, solche Sachen wie die beiden zu machen? Jemand an ihren Körper lassen? In ihrer Verwirrung verpasste sie fast den Start zur Jagd. Wen würden sie wohl finden?

Suche

In den sehr zahlreichen Gebüschen fanden sie keinen Hinweis. Der Wald war einfach zu dicht. Hin und wieder zeigten sich abgebrochene Äste, die aber auch von größeren Wildtieren stammen konnten. Die Suche dehnte sich immer weiter aus, zog langsam größere Kreise.

„Welche Richtung sollen wir nun einschlagen?", erkundigte sich Leni ratlos.

„Schwer zu sagen, aber ich würde vorschlagen nach Norden, von der Küste weg. Den Mörder wird es sicherlich in bewohntere Gegenden ziehen. Da findet er leichter neue Opfer."

Lea warf ein: „Wir müssen aber besser aufpassen, schon zweimal schlug der magische Blitz nah bei uns ein. Irgendwann kommen wir nicht mehr so glücklich davon. Wer weiß, wen von uns es getroffen hätte, wenn die Amazone nicht ein stattlicheres Opfer gewesen wäre."

„Ach, was", wiegelte Diana ab. „Uns kann nichts passieren! Haben wir nicht schon mal erfolgreich ermittelt?"

„Ja, genau! Und sind dabei in eine Falle gelaufen!", erinnerte Lea.

„Aber dieses Mal nicht! Wir machen nicht zweimal denselben Fehler! Lasst uns leise losgehen. Früher oder später treffen wir den Mörder!"

Der Tote

Wen sie trafen, war eine weitere Leiche. Am Herz verbrannt, wo der magische Blitz einschlug und anschließend ziemlich übel verstümmelt.

„Mm", machte Diana. „Das erinnert ein bisschen an die widerliche Hexe, aber die ist ja nun schon eine Weile tot."

„Haben Hexen kein ewiges Leben?", wollte Leni besorgt wissen.

„Nein, sie können Jahrhunderte alt werden. Doch wenn sie gestorben sind, an was auch immer, bleiben Hexen glücklicherweise tot."

Beruhigt atmete Leni aus. Wer auch immer die furchtbaren Taten beging, niemand konnte schlimmer als die widerliche Hexe sein. Überall in den Gebüschen raschelte es. Der Mörder? Tiere? Liefen sie wieder brav in eine Falle?

Lea gab zu bedenken: „Es muss ein sehr starkes magisches Wesen sein. Solche Blitze können nur wenige abschießen."

„Stimmt, darüber grüble ich schon die ganze Zeit nach. Wer könnte es wohl gewesen sein? Und warum? Der Tote sieht wie ein Magier aus. Wem kann der im Weg gewesen sein?"

Leni sprach flüsternd: „Aber die anderen Toten waren keine Magier. Offensichtlich gilt der Hass bekannten Lebewesen allgemein."

Sehr wahr. Vielleicht auch Mondgöttin, Feen und Elfen?

Gedankenvoll

Tief im Inneren grübelte Diana: „Wenn ich an die stolze Amazone denke! So kräftig! Und dann einfach in Sekundenschnelle tot! Wer kann nur dieser mächtige Mörder sein? Ein Gott? Hoffentlich erwischt es niemanden von uns."

Leas Gedanken liefen in ähnlichen Bahnen: „Schade um die schöne Kriegerin. Sie hätte so manche Frau glücklich machen können. Solch ein prächtiges Geschöpf zu töten ist ein echtes Verbrechen! Wir müssen sehr vorsichtig sein, dem Täter nicht in die Hände zu fallen."

Leni hingegen war zuversichtlich. „Ein gefährlicher Mörder. Aber mit der Mondgöttin kann uns einfach nichts passieren. Schade um die Amazone. Ob ich es nicht doch mit ihr hätte probieren sollen? Aber ich glaube, sie wäre zu streng für mich gewesen. Wenn ich überhaupt mal die Liebe versuche, dann nur mit jemand wie Lea oder Diana. Die sind beide so nett." Sehnsuchtsvoll seufzte sie: „Mal sehen, welchen Unhold wir aufspüren. Vielleicht ein Monster? Oder einen Magier? Aber wo ihn finden? Griechenland ist so groß!"

Genau da lag das Problem. Jemanden finden war an und für sich schon schwer genug, aber wenn der sich aus naheliegenden Gründen auch noch verbarg! Hatten die drei dann überhaupt eine Chance ihn zu finden?

Der Trick

Lea kam auf seine sehr gute Idee: „Wenn es wieder jemand so Schreckliches wie die Hexe ist, müssen wir sie nachts angreifen. Denn nur nachts hat Diana ihre göttliche Zaubermacht. Aber was machen wir bloß, wenn wir den Mörder am hellen Tage entdecken, sozusagen über ihn stolpern? Leni und ich haben nur sehr schwache magische Kräfte. Diana dagegen hat tagsüber sogar gar keine. Was tun, um nicht wie damals hilflos vor der Hexe zu stehen? Wer weiß, vielleicht jagen wird jetzt sogar ein noch gefährlicheres magisches Wesen? Hm, hm, ich hab's!"

Zufrieden mit ihrem Plan lief sie mit den anderen durch die Wälder. Alle drei hofften, auf keinerlei verstümmelte Leichen mehr zu stoßen. Vom Anblick des Toten war ihnen noch immer sehr schlecht. Wer konnte nur so sinnlos grausam sein? Nur ein völlig Übergeschnappter. Ganz eindeutig! Unterwegs fragten sie Waldelfen, Nixen und Ähnliches, ob sie ein geheimnisvolles Wesen gesehen hatten. Aber ihnen fiel niemand auf. Was sich ungefährlich anhörte, aber in der Antike galten Zentauren, Hexen, Monster und diverse andere unheimliche Lebewesen als völlig normal. Deren Anblick erstaunte niemand.

Rätselhaft

„Ich verstehe nicht, warum niemand den Mörder sah", murmelte Lea. „Er muss doch viel im Wald unterwegs gewesen sein, um sich neue Opfer zu suchen."

„Vielleicht ist der Täter selbst ein Waldbewohner und fällt deshalb niemandem auf. Jemand, den sie jeden Tag sehen und sich deshalb nichts mehr dabei denken", schlug Diana vor.

Leni ergänzte das Gespräch: „Ich glaube eher, dass es jemand ist, der sich unsichtbar machen kann."

„Das wäre sehr schlecht. Wie sollen wir den dann je finden? Außerdem können sich nur die allermächtigsten Lebewesen oder Götter unsichtbar machen", erwiderte die Mondgöttin besorgt.

Lea warf ein: „Genau das befürchte ich im Stillen. Denn so einen magischen Blitz können nur allermächtigste Wesen verschießen. Vielleicht sollten wir lieber aufgeben oder Verstärkung holen."

„So, wen denn?", wollte Diana schnippisch wissen. „Und woher sollen wir dann sicher sein, dass die Verstärkung nicht in Wirklichkeit der Täter selber ist?"

Eine gute Frage. Aber würde die schwache magische Kraft der drei im Kampf gegen einen Super-Magier oder ein besonders schreckliches Ungeheuer reichen? Zumindest tagsüber war das sehr zweifelhaft!

Pflicht

Streng rief Diana ihre Freundinnen zur Ordnung: „Es ist unsere Pflicht zu ermitteln! Um den ollen Satyr ist es nicht im geringsten schade, aber die Amazone starb in unserer Gegenwart! Sie genoss sozusagen unsere Gastfreundschaft. Wenn wir jetzt nicht den Täter fangen, werden noch viele Lebewesen sterben. Vielleicht auch eine von uns. Es gibt keine Zeit zu verlieren, wie wir leider bei dem toten Magier bemerken mussten.“

Die anderen schwiegen betreten. Ja, es war ihre Pflicht, den fiesen Täter zu fassen. Aber hatten sie gegen ihn eine Chance? Sie wussten ja nicht einmal, gegen wen sie kämpfen mussten. Hexe? Magier? Gott? Ungeheuer oder etwas ganz anderes? Dazu kam: Vielleicht liefen sie gerade wieder einmal brav in eine Falle. Wer wusste schon, ob der geheimnisvolle Mörder die drei nicht schon lange heimlich beobachtete? Voller Angst starrten sie immer wieder zu den Büschen. Verbarg sich jemand dahinter? Wenn ja, wer? Dämonen? Todesfeen? Wer konnte das schon wissen. Ihnen lief es kalt den Rücken hinunter. Wie unheimlich so ein Wald doch sein konnte! Dunkel, voller versteckter Gefahren.

Beklemmung

Bewegte sich da hinten zwischen den Bäumen nicht etwas? Nein, es waren nur die angeschlagenen Nerven der Freundinnen. Jede glaubte, mehrmals hintereinander verdächtige Bewegungen gesehen zu haben oder seltsame Geräusche zu hören. Doch gab es in magischen Wäldern sowieso sehr viele verdächtige Dinge. Woher sollten die drei wissen, welches sie persönlich betraf? Düster und kalt, fast feindlich wirkte der Wald. Dazu kam die große Sorge: Auf wen würden sie am Ende treffen? Es gab so viele böse Mächte, dass fast niemand alle kannte. Jeder von diesen Unholden konnte am Ziel warten. Viele von ihnen gehörten zu den mächtigsten, extrem schwer zu besiegenden Geschöpfen. Dennoch: Diana hatte Recht. Das Böse musste gestoppt werden, bevor noch viele andere Lebewesen starben. Vielleicht auch eine von ihnen drei! Pflicht und Angst beschäftigten sie sehr. Es tauchten gelegentlich auch innerlich Ausreden auf, um sich zu drücken. Doch das Verantwortungsgefühl siegte. Auch wollte niemand von ihnen ihre Freundinnen im Stich lassen. Eine heldenhafte Einstellung. Hoffentlich kein tödlicher Fehler!

Jetzt ist es passiert!

So unheimlich wie dieser Wald kam ihnen noch nie einer vor. Voller versteckter Gefahren, lauernden Feinden. Oder spielten ihnen nur ihre Nerven wieder einen Streich? Allmählich fühlten die Freundinnen sich wie eine Fliege im Spinnennetz. Sollten sie doch umkehren? Aber auch dann konnte der Mörder ihnen auflauern. Also lieber weiter vorwärts. Alle Versuche, sich selber Mut zu machen scheiterten.

Als es wieder in einem großen Gebüsch raschelte, hielten es Lenis Nerven nicht mehr aus. „Ich will jetzt wissen, was da ist!"

Ein großer Fehler. Vor Schreck blieb der armen Elfe schier das Herz stehen. Im Gebüsch lauerte eines der gefährlichsten Ungeheuer. Die Hydra! Gegen diese hatten unsere Freundinnen nicht die geringste Chance. Sollten sie versuchen zu fliehen? Oder um Gnade bitten? Aber brachte es überhaupt etwas, ein Ungeheuer um etwas zu bitten? Konnten sie irgendetwas tun, außer ehrenvoll zu sterben? Schlug nun ihr letztes Stündlein?

Die Mondgöttin rief: „Bist Du der geheimnisvolle Mörder, der die Menschen so verstümmelt?"

Die Hydra antwortete: „Nein, ich töte nur aus Hunger. Mit diesem seltsamen Täter habe ich nichts zu tun. Ich habe ihn auch noch nie gesehen, nur ziemlich viele Opfer von ihm. Wie blöd der doch ist! Tötet, ohne sich nachher an seiner Jagdbeute satt zu essen."

Ein guter Gesichtspunkt. Es stellte sich aber nur die Frage: Log die Hydra vielleicht? War das Monster doch der Mörder? Unsere Heldinnen hatten nicht die geringste Macht die Hydra stundenlang zu verhören und mussten sie ihres Weges ziehen lassen. Entschlüpfte ihnen so der Mörder?

Weitere Suche

Sie beschlossen weiter zu suchen. Eventuell war doch jemand anderes der Täter.

Aber wenn die Hydra doch die Verbrechen beging, so wollten sie diese erst nachts angreifen. Nachts, wenn die Mondgöttin wieder ihre volle Kraft besaß. Die weiteren Nachforschungen galten also weiterhin erstmal einem unbekannten Mörder und nebenbei dem Versteck der Hydra. Schließlich musste sie ja irgendeinen Rückzugsort haben. Doch eigentlich verdächtigten die drei die Hydra nicht mehr. Niemand hörte je davon, dass diese magische Blitze verschießen konnte. Daher galt die Suche hauptsächlich einem anderen, unbekannten Täter. Doch wer wusste schon, welchen Ungeheuern sie noch über den Weg liefen und ob sie jedes Mal es so unbeschadet überstanden.

Beklommen dachte Leni: „Wir sollten aufgeben. Beim nächsten Mal haben wir sicherlich nicht mehr so viel Glück! Hätte die Hydra gerade Hunger gehabt, gäbe es uns jetzt nicht mehr." Doch trotz ihrer sehr großen Angst wollte Leni auf keinen Fall ihre Freundinnen im Stich lassen, die Hand in Hand neben ihr den Täter suchten. Doch wie sollten sie jemals in diesen von magischen Wesen und Ungeheuern wimmelnden Wäldern den Täter fassen, ohne vorher irgendeinem anderen Dämon oder Monster zu erliegen? Schlechte Karten für Heldinnen.

Augenzeuge

Eines Tages sagte eine Waldnymphe: „Na, Ihr hübschen Mädels, was sucht Ihr denn hier? Die große Liebe?"

Diana antwortete keck: „Nein, die Suche ich nicht mehr, das habe ich aufgegeben, aber ich habe halbwegs guten Ersatz gefunden." Worauf ihr kichernd Lea einen Stubbs gab. „Wir suchen einen geheimnisvollen Mörder, der schon ziemlich oft zuschlug. Hast Du vielleicht irgendwen Verdächtigen bemerkt?"

„Und ob!", kam die prompte Antwort. „So ein Typ mit Kapuzenmantel kam neulich hier lang. Er lief Richtung Berge."

„Kapuzenmantel?", hakte Leni nach. „Vielleicht ein Magier?"

„Kann schon sein", bestätigte die Waldnymphe. „Diese Typen sind doch alle gleich, gehen ihrer Arbeit nach, statt sich um schöne Mädchen wie mich zu kümmern! Leider seid Ihr auch nicht viel besser! Alle scheinen nur noch rumzurennen, um irgendwelche langweiligen Aufgaben zu lösen, statt Spaß mit mir zu haben."

Leni dachte bedauernd: „Ich hätte schon gern Spaß mit Dir gehabt! Aber vor meinen Freundinnen kann ich doch nicht mit Dir rumknutschen, das wäre doch viel zu peinlich!"

Die drei schlugen nun die Richtung zu den Bergen ein. Was sie wohl dort erwartete?

Die Berge

Keuchend stiegen unsere Freundinnen Berge hoch und wieder runter.

Lea murrte: „Ich bin doch keine Bergziege."

Leni flocht ein: „Und ich keine Bergelfe."

Diana ging nicht darauf ein. Denn vor sich sah sie mehrere gefesselte Leichen. Alle vor oder nach dem Tod übelst zugerichtet. Vermutlich tötete der Mörder die magischen Wesen sofort, bevor die sich wehren konnten, und normale Menschen folterte er zu Tode.

Leni rief entsetzt: „Wie grauenhaft! Das erinnert mich an die widerliche Hexe! Wie kann nur jemand so grausam sein?"

Diana flüsterte: „Pst! Wir müssen den Täter überraschen, bevor er seine magischen Blitze auf uns abschießen kann."

Nun begann es allen noch mulmiger zu werden. Wo verbarg sich der Schuft bloß? Die drei kamen zu einer verfallenen Hütte, der sie sich äußerst behutsam näherten. Nichts darin zu sehen, außer an die Wände genagelte Tote. Wem konnten solche scheußlichen Taten zugetraut werden? Hydra? Nein, die kam hier nicht in Frage. Aber wer dann? Standen die drei wieder mitten in einer Falle? Lauerte der Feind schon händereibend auf sie?

Die Höhle

Nein, weit und breit nichts Lebendiges zu sehen. Doch hinter den vielen Felsen konnte sich leicht jemand verstecken und auf seine nächsten Opfer lauern. Äußerst behutsam sahen sich unsere Heldinnen um. Nirgends eine frische Spur des Täters. Doch das bewies nichts, denn die trockene Erde auf den Felsabhängen gab nicht mal von ihnen selber die Spur wieder.

Plötzlich rief Lea: „Dort ist eine Höhle!"

Tatsächlich! Eine dunkle, geheimnisvolle Höhle lag vor ihnen. Das Versteck des Mörders? Vorsichtig traten sie ein. Überall lagen Folterwerkzeuge herum.

„Ganz wie bei der Hexe damals", schrie Leni entsetzt.

„Pst", macht Diana. „Niemand darf uns hören!"

„Zu spät!", erklang es fies kichernd hinter ihnen. „Ihr seid in meine Falle gelaufen. Ihr lernt es nie!" Vor dem Eingang stand eine Gestalt, vermummt in einem Kapuzenmantel. Unheimlich!

„Wer bist Du? Warum tötest Du all die armen Leute? Was soll das alles?", schrie Diana.

Hämisch grinsend kam der Unhold auf sie zu. „Ich bin jemand, den Ihr kennen müsstet." Aber wer?

Der Mörder

„Was das alles soll? Ich bin Folterknecht von Beruf. Früher habe ich für viele Könige gearbeitet. Später machte ich mich selbstständig. Arbeitete für verschiedene Heerführer, später für verschiedene Hexen. Manche bezahlten mich mit Geld, andere mit magischen Waffen. Besonders gerne arbeitete ich für die Hexe, die Euch gefangen nahm. Leider war mein magischer Ring gerade bei Zwergen zur Reparatur, sonst hätte ich Euch niedergemacht! Ich stand versteckt hinter Bäumen. Heute kommt nun meine Rache an Euch! Morden macht Spaß! So viel Spaß, dass ich seit einiger Zeit auch ohne Auftraggeber morde. Jetzt seid Ihr dummen Gören dran!" Er richtete seinen magischen Zauberring auf Diana, um diese als erste mit einem magischen Blitz zu töten. Doch Lea stürzte sich auf ihn und stach ihm ihren angespitzten Zauberstab mitten in sein schwarzes Herz. Das verdiente Ende dieses herzlosen Schuftes!

Diana rief bewundernd: „Oh, Lea! Klasse! Das hätte ich Dir nie zugetraut!"

Die Fee antwortete noch ein bisschen zitternd: „Ich kann doch nicht zulassen, dass meinem kleinen, unschuldigen, jungfräulichen Mädel was passiert!"

Woraufhin alle erleichtert kicherten. Es ist anzunehmen, dass Lea später von Diana eine besonders zärtliche Belohnung bekam. Und dass es sich bei dieser um nichts Unschuldiges handelte!

Im Olivenhain

Händchenhaltend lief unser Pärchen zusammen mit Leni vergnügt tagelang durchs schöne Griechenland. Dabei turtelten Lea und Diana wie frisch verliebt miteinander.

In der Nähe eines Olivenhains seufzte Lea: „Ich bin so müde! Völlig kaputt vom vielen Laufen."

Schelmisch erkundigte sich Diana: „Zu müde zum Laufen oder zu müde zu allem?" Dabei zwinkerte sie vielsagend.

Lea rief begeistert: „Oh, nein! Zu DEM bin ich nie zu müde!"

Ironisch sagte die Mondgöttin: „Oh, was habe ich mir mit diesem Mädchen bloß angetan! Hätte ich doch lieber Leni genommen! Die ist so ein braves Mädchen!"

Leni errötet wie immer prompt, während Lea spielerisch meinte: „Ah, Du willst einen Dreier, Du schlimme Mondgöttin."

Diana meinte keck: „Komm mal mit Du böses Mädchen! Ich zeige Dir da hinter dem Gebüsch, was ich will."

Kurze Zeit darauf erklangen vielsagende Seufzer hinter dem Gebüsch hervor, während Leni überlegte: „Werde ich eines Tages auch so eine große Liebe finden?"

Plötzlich tauchte die Göttin Aphrodite vor ihr auf: „Wo sind denn die anderen zwei? Ich muss Euch was Wichtiges sagen."

Leni stammelte verlegen: „Die sind - äh – gerade sehr beschäftigt."

Aphrodite grinste verstehend. „Ah, so. Alles klar. Warum siehst Du so sehnsüchtig aus? Suchst Du etwa auch die Liebe?"

Das Geständnis

„Ja – nein – ich – weiß nicht…", stammelte die Elfe äußerst verlegen. „Ich meine, kann ich jemanden so etwas mit meinem Körper machen lassen? Und was ist, wenn mich dann die andere ungeschickt, oder mich nackt gar nicht mehr schön findet?" Leni saß hoch rot da.

Aphrodite flüsterte mitfühlend. „Du armes Ding! Wenn Du Dich ausziehst, kann ich Dir sagen, ob Du nackt hässlich bist."

Völlig verwirrt entgegnete die Elfe verlegen: „Nein das kann ich nicht! Ich will nicht, dass Du mich auslachst, weil ich nackt nicht so hübsch wie andere bin."

Verstehend beruhigte Aphrodite Leni. „Keine Angst, Du wirst eines Tages Deine Hemmungen verlieren und jemand sehr nettes kennenlernen. Du bist noch jung und brauchst noch etwas Zeit! Mache Dir keine Sorgen! Apropos Sorgen! Wenn die beiden Turteltauben da drüben wieder ansprechbar sind, richte ihnen aus, dass ein neuer Mörder unterwegs ist. Noch schrecklicher als der von Euch Getötete. Ihr müsst ihn unbedingt fangen! Er bringt unsere ganze Mythen- und Sagenwelt durcheinander. Selbst aller-mächtigste Zauberer und Hexen hat er förmlich zerrissen. Völlig zerfetzt. Er ist derzeit unterwegs in Richtung Delphi. Nicht auszudenken, wenn er dort das Orakel tötet!"

Die völlig erbleichte Leni wand ein: „Aber wir sind als Detektivinnen gar nicht so gut! Und wie sollen wir mit unseren schwachen magischen Kräften Erfolg haben, wo viel Mächtigere gescheitert sind?"

Aphrodite erklärte: „Zeus will Euch Hilfe senden, da es um unser aller Zukunft geht. Marschiert dem Mörder nach. Fasst ihn! Eure Hilfstruppen stoßen bald auf Euch zu!" Damit löste sich die Göttin in Luft auf.

Nach Delphi

Nach einer Weile stießen ihre Freundinnen wieder zu ihr.

„Lea ist so ein schlimmes Mädchen", seufzte Diana spielerisch. „Sie hätte sogar die Amazone außer Atem gebracht."

Keck lächelte die Fee. „Ach, und was ist mit Dir? Mondgöttinnen sind doch die Allerschlimmsten! Kein Wunder, dass sie so fahl sind!"

So ging es noch ein bisschen humorvoll hin und her, bis die Elfe endlich ihr Gespräch mit Aphrodite schildern konnte.

„Da siehst Du Mädchen, was Du angerichtet hast! Was soll Aphrodite jetzt von mir denken, wenn ich jedes Mal bei ihrem Besuch in Deinen Armen bin? Vielleicht denkt sie fälschlicherweise ICH wäre so liebesbedürftig."

Kess lächelnd meinte Lea: „Bist Du ja auch. Wer denn sonst außer Dir?"

Diana gab ihr lächelnd einen Kuss. „Du bist einfach süß! Aber jetzt müssen wir wieder auf die Jagd gehen. Wer uns wohl zur Hilfe kommt? Irgendwelche Götter oder Helden?"

„Puh, Männer!", winkte Lea verächtlich ab. „Das schaffen wir drei Mädels auch ganz allein." Leni war sich da nicht so sicher.

Neue Gefahr

Unterwegs entdeckten sie einige wirklich stark zerfleischte Opfer. „Wer kann so mächtig sein, selbst alte Hexen und Zauber so zu töten?", überlegte Lea nun doch sehr beunruhigt. „Ich kann mir nicht vorstellen, wer so eine starke magische Kraft hat. Außer einem Gott oder Dämon."

Leni warf verlegen ein: „Vielleicht jemand, der so grässlich aussieht, dass die anderen vor Schock gelähmt sind? Der Basilisk? Die Hydra? Und bis die Opfer sich von dem Schock erholt haben, ist es für diese zu spät."

„Eine gute Idee", lobte Diana. „Wir müssen uns beeilen."

„Warum?", wollte Lea wissen.

„Der Mörder könnte wichtige Persönlichkeiten töten, so dass sich die Geschichte unseres Landes völlig verändert."

„So, wen denn?", hakte Leni neugierig nach.

„Oh, z.B. das Orakel von Delphi, Herkules, Achilles, Odysseus und andere wichtige Leute."

„Die wichtigste Persönlichkeit bist Du!", rief Lea und küsste Diana leidenschaftlich.

Würden die drei rechtzeitig den Täter stoppen? Reichten ihre Kräfte dazu aus?

Lenis Zweifel

Noch mehr Angst als Lea hatte Leni. Diese erkannte einige der Opfer als magische Lebewesen, die sie bisher für unbesiegbar hielt. Gegen jemand so Mächtiges zu ermitteln grenzte ihrer Meinung an Wahnsinn. Denn die Kraft von ihnen drei zusammen reichte nicht annähernd an die einiger Opfer. Leni konnte sich beim besten Willen nicht vorstellen, wie sie den Kampf gegen so einen starken Unhold gewinnen sollten. Schon in ihren früheren Fällen überlebten sie nur durch Glück. Aber dieses hielt nicht ewig. Laut fragte die Elfe: „Warum beauftragen ausgerechnet uns die Götter? Es gibt doch viel erfahrenere magische Lebewesen als uns?"

Diana hörte auf Lea zu streicheln und erklärte: „Vermutlich, weil die Götter den Täter nicht kennen. Stell Dir vor, sie würden aus Versehen den Mörder mit den Ermittlungen beauftragen! Wir sollen wohl ermitteln, weil wir schon ein paar Fälle lösten und somit relativ unverdächtig sind."

Lea fügte hinzu: „Wer von ihnen wohl beauftragt wird, uns zu helfen? Wer außer uns ist auch noch unverdächtig?"

Leni dachte: „Hoffentlich jemand sehr Kampferprobtes. Aber woran erkennen wir unsere Helfer?"

Vermutungen

Diana warf ein: „Ich frage mich nur, an was wir den Mörder erkennen sollen? In unserer Zeit ist es ja nicht unüblich, dass Monster mit blutigen Mäulern oder Krieger mit blutigen Schwertern rumlaufen. Woran merken wir, wer von den allen der fiese Mörder ist?"

Lea erwiderte schnippisch: „Wenn er uns angreift!" Leni erbleichte. „Oder wenn wir ihn auf frischer Tat ertappen", ergänzte die Fee.

Leni fügte an: „Dann muss er aber ziemlich blöd sein."

Keck entgegnete Lea: „Das sind die meisten Krieger und Monster. Da sie aber gute Kämpfer sind, macht ihnen ihre Blödheit nichts."

Diana meinte: „Ich glaube nicht, dass es ein gewöhnlicher Kämpfer oder eines der üblichen Monster ist. Diese vielen Toten Magier hätten mit sowas kurzen Prozess gemacht."

Sehr wahr. Aber auf was würden die drei denn nun auf ihrem Weg nach Delphi stoßen? Wen holten sie auf Dauer ein? Gab es überhaupt eine Chance für die Freundinnen einen Kampf zu gewinnen, den selbst die mächtigsten Lebewesen verloren? Wäre es nicht besser umzukehren?

Spekulationen

Lea sprach während des Laufens: „Ist Euch schon mal aufgefallen, dass wir wieder einen Mörder suchen der die antike Geschichtswelt gefährdet? Es ist wie bei unserem letzten Fall: Durch die Morde an Sagen- und Heldengestalten kann unsere Geschichtsschreibung auf den Kopf gestellt werden. Leute wie z.B. Odysseus werden in den nächsten Jahren bestimmt noch wichtige Rollen spielen. Aber wenn der Mörder jetzt zuschlägt, fehlen Leute wie Odysseus später bei wichtigen Anlässen. Ist es nun Zufall oder nicht, dass wir kurz hintereinander mit zwei so schwerwiegenden Mordserien zu tun haben? Mit Mördern, welche die ganze Antike Geschichtsschreibung gefährden könnten!"

Diana streichelte ihr stolz über das Haar: „Meine kleine Philosophin! Aber Du hast vollkommen Recht! Es könnte eine Art Verschwörung sein. Oder die magischen Raum- und Zeitgesetze sind irgendwie durcheinander gekommen."

„Wer wohl der Mörder ist?", warf Leni in die hochtrabende Diskussion ein.

Die Mondgöttin sprach gedankenvoll: „Einerseits kann es jemand so grässliches gewesen sein, dass sein Anblick die Opfer vor Schock lähmte. Andererseits kann es auch ein gut getarnter Dämon gewesen sei, der es in sich hat. Dämonen können ja jede beliebige harmlose Gestalt annehmen."

„So wie Leni?", erkundigte sich Lea. „Die hat es auch in sich! Stille Wasser sind tief!"

Errötend rief Leni: „Was soll das heißen?"

„Na, wie Du die Amazone angestarrt hast…"

Leni schnaufte verächtlich: „Die haben wir alle angestarrt! Dir sind ja vor Gier schon fast die Augäpfel raus gerollt."

„So, so! Und ich dachte, Du liebst mich, Lea!", warf Diana ablenkend ein.

Dieses Mal errötete Lea: „Ja, und Du kannst Dir gar nicht vorstellen wie sehr."

„So sehr, dass Du andere Frauen anschaust?", stichelte die Mondgöttin.

Lea ging auf diesen Ton nicht ein. „Es gibt für mich keine andere Frau als Dich!", sprach sie voller Inbrunst.

Gerührt gab Diana ihr einen kräftigen Kuss: „Das weiß ich! Wir alle wissen das! Du bist meine Frau für immer!" Worauf sie zärtlich zu schmusen begannen.

Einerseits faszinierte Leni diese überwältigend große Liebe. Andererseits überlegte sie: „Ich dachte eigentlich, wir wären auf Mörderjagd?" Aber ihre Freundinnen schienen gerade andere Dinge viel wichtiger zu finden. Leni ging diskret etwas spazieren, wobei die Elfe grübelte: „Wenn uns der Feind mal bei so einer Angelegenheit angreift, kommen die beiden Turteltauben zu spät zu sich! Es ist viel zu gefährlich sich mitten in der Gefahr den Gefühlen voll zu überlassen."

Sehr richtig. Vielleicht lauerte gerade in diesem Augenblick der Böse auf seine Chance. Leni hätte alleine nicht die allergeringste Möglichkeit gehabt, den Angriff zu stoppen. Raschelte da was im Gebüsch? Waren es nur wieder ihre überreizten Nerven? Bildete sie sich nur aus Angst ein, beobachtet zu werden?

Sorgen

Ungefähr zur selben Zeit machte sich in England der Zauberer Merlin ebenfalls große Sorgen. Er stand am Ufer des irrtümlich „Avon" genannten Flusses. In Wirklichkeit war es der Styx, der sich von Griechenland zum größten Teil unterirdisch nach England ausdehnte. Merlin sprach zu seiner Tochter Mandy: „Die magischen Strömungen in der Luft haben in der letzten Zeit extrem zugenommen."

Mandy erkundigte sich: „Welche Bedeutung hat das für uns?"

„Schwer zu sagen. Es ist ein Zeichen dafür, dass es zu starken Verschiebungen in Raum und Zeit kommen kann. Etwa, dass die Tore zur Hölle geöffnet werden oder Lebewesen von anderen Planeten zu uns kommen."

Seine Tochter schauderte es bei diesen Gedanken. „Wenn die Tore zur Hölle geöffnet werden, haben wir bald die ganzen Mörder wieder hier, die wir im Laufe der letzten Jahre gestoppt haben. Von diversen Monstern mal ganz abgesehen."

Vor den riesigen Ställen des Gnadenhofes für Tiere sahen die beiden den kräftigen Stallburschen Herkules völlig erledigt auf dem Boden liegen. „Selbst seine herkulische Kraft reicht nicht, um diese großen Ställe allein auszumisten."

Mandys Freundin, die Elfe Shirly, schlug vor: „Sollen wir dem Armen helfen?"

Der Zauberer schüttelte den Kopf. „Wir könnten wie in den alten Sagen den Fluss umleiten, aber der würde die Ställe niederreißen. Ich weiß was viel besseres!" Laut rief er plötzlich: „Oh, ich habe irgendwo in den Ställen meine Goldmünzen verloren!" Sofort eilten von überall Menschen

herbei, die angeblich schon immer Herkules völlig selbst-
los beim Ausmisten der Ställe helfen wollten. „Geldgier
siegt immer“, schmunzelte Merlin.

Wildtierjagd

Die Mitarbeiter des Gnadenhofes liefen später schreiend herum: „Ein wilder Eber ist auf dem Berg! Er fällt alle an, die dort entlang gehen!" Herkules und unsere Freunde machten sich auf den Weg, die gefährliche Aufgabe zu lösen. Eine weitere des Herkules. Merlin bruddelte dabei: „Eigentlich sollte ich in diversen Mordfällen ermitteln, stattdessen gehe ich im wörtlichen Sinn auf Schnitzeljagd!"

Shirly meinte: „Deswegen jage ich lieber Brombeeren. Die sind ungefährlicher und schmackhafter."

Die Jagdexpedition erreichte den Gletscher des Berges, auf dem das ganze Jahr Schnee lag.

„Im tiefen Schnee ein wildes Tier jagen, ist das eine Aufgabe für einen großen Detektiv?", erkundigte sich Merlin äußerst säuerlich.

Da schrie Herkules plötzlich völlig entsetzt: „Da drüben! Fürchterlich! Es ist etwas viel Schlimmeres als ein tollwütiges Wildschwein!"

Mandy stimmte ihm vor Schreck starr zu. „Stimmt! Es ist das bissige Lama Fred! Wer hat da bloß die Stalltür offen gelassen?"

Trotz stundenlanger Versuche ließ sich das Lama nicht einfangen. Es entwischte den Jägern stets im letzten Augenblick. Da griff Shirly zu einer List: „Die lieben Alpakas wollten ja schon immer Deinen Stall zusätzlich haben. Da Du ihn ja offenbar nicht mehr möchtest, können wir ihn ja nun doch den Alpakas geben."

„Was? Die ollen Viecher kriegen meinen schönen Stall? Da komme ich lieber wieder freiwillig mit nach Hause."

Magie Nebel

Inzwischen waberte Magie wie dichter Nebel über den Gnadenhof. Am Fluss wurden die Fischer von geheimnisvollen Vögeln attackiert. Wo kamen diese plötzlich her? In England gab es bisher sowas noch nie. Merlin murmelte: „Zum Glück müssen wird drei uns damit nicht befassen. Ich bekam heute Morgen ein magisches Telegramm vom Rathaus, dass wir an der chaotischen Schule nach dem Rechten sehen sollen."

„An der Schule?", wollte die Elfe wissen. „Super! Da gibts doch immer so viel spannende Morde zu klären! Fast wie im Krankenhaus! Das wird herrlich, wieder auf Mörderjagd zu gehen."

Mandy schlug vor, als Wegzehrung ein paar Fische mit dem Netz zu fangen.

Shirly würgte: „Bäh, Glibberfische! Ich fange mir lieber ein paar Walderdbeeren!"

Die beiden anderen schwangen ein großes Fischernetz, als plötzlich die Vögel einen Angriff auf sie starteten. Völlig unbeabsichtigt besiegten die beiden so die mysteriösen Vögel, die sich im Netz verfingen. Gegrillt schmeckten diese köstlich. Shirly briet sich allerdings lieber Gemüse.

„Der Wein schmeckt heute Abend so merkwürdig, etwas stimmt damit nicht", stellte Merlin fest.

Sehr wahr!

Die Entführung

Merlin erwachte als erster. Gefesselt lagen unsere Freunde auf der Fähre von Charon. „Sind wir tot?", erkundigte sich der Zauberer.

„Nein, es liegt keine Münze unter meiner Zunge!
Warum bringst Du uns dann in die Unterwelt?"

Der mythologische Fährmann schmunzelte zum ersten Mal seit Jahrhunderten. „Zeus befahl mir, Euch über den Styx durch die Flussstrudel der Unendlichkeit ins Antike Griechenland zu bringen. Ihr seid also auf einer Reise durch Raum und Zeit. Grässliche Morde gefährden die Pläne der Götter."

„Warum regelt nicht Nemesis die Sache?"

Der Fährmann grinste: „Die ist zu arg im Stress! An allen Ecken und Enden Griechenlands muss die Arme gerade eingreifen. Darum schlug Nemesis vor, Euch Amateurdetektive zur Hilfe zu holen."

Während der Fährkahn über den Styx durch die ländlichen Gegenden Englands fuhr, näherten sie sich den Strudeln der Unendlichkeit. Würden unsere Freunde den Fall in Griechenlands Vergangenheit lösen können? Welche der bekannten Sagengestalten entpuppte sich wohl als Täter? Wer fiel den Morden bisher zum Opfer? Musste danach die ganze Sagenwelt und Mythologie neu geschrieben werden? Etwa der Kampf um Troja? Oder die Geschichte Alexanders des Großen?

Das schreckliche Ungeheuer

Die mittlerweile hellwachen Fahrgäste von Charon erspähten schon von weitem den Eingang in den Hades, welches ein fürchterliches Monster bewachte. Es besaß drei Köpfe. „Zuerst müsst Ihr irgendwie an Zerberus vorbei. Im dahinter liegenden Hades gibt es zwar keinen offiziellen Ausgang, aber die Götter errichteten für Fälle wie diesen einen geheimen Notausgang. Aber ich habe leider keine Ahnung, wie Ihr den finden sollt."

„Na, toll", murrte Shirly. „Mir wäre es lieber, wenn wir erst gar nicht den Eingang gefunden hätten!"

Mandy schauderte es: „Ein wirklich fieses Biest, an dem kommen wir nie vorbei! Außer wir machen Hot Dog aus ihm." Was wiederum die vegane Elfe schrecklich fand.

„Es ist viel wahrscheinlich, dass wir drei als Hundefutter enden", jammerte Shirly.

Merlin rief wohlgemut: „Ach, was! Wir sind doch keine dummen Hunde oder gar auf dem Hund gekommen. Wir schaffen das locker!"

Der Fährmann runzelte die Stirn, während sein Boot anlegte.

Betreten verboten?

Das Boot lag längsseits am Pier. Merlin stand zusammen mit dem Fährmann hinten, die beiden Mädchen weit vorne. Der dreiköpfige Hund knurrte unheilverkündend, da er die drei Fahrgäste zu Recht für unbefugte Eindringlinge hielt. Nur Tote durften hier eintreten. Merlin versuchte auszusteigen, was er schnell wieder sein ließ. Denn der Hund schnappte geifernd nach ihm. Da rief der Zauberer überraschend: „Na, willst Du Gassi gehen? Du wirst schon fett und brauchst mehr Bewegung!" Worauf der Hund ihn so wütend anbellte, dass die Mädchen weiter vorne im Boot unbemerkt aussteigen und in den Hades huschen konnten.

„Das haben wir schlau gemacht", flüsterte Mandy.

„Ja, aber was ist mit Deinem Vater?"

„Irgendwie wird er schon nachkommen. Vielleicht fährt er auch auf den Hof zurück und besorgt erst einen Hundedompteur."

Der Hades erwies sich als noch grusliger als befürchtet. So schrecklich grauenhaft, dass ich den Leser/innen die Beschreibung ersparen will. Als die beiden Mädchen vorauseilten, sprach eine geheimnisvoll vermummte Gestalt sie an.

Die vermummte Gestalt im Hades

„Wer seid Ihr? So wie Ihr ausseht, kommt Ihr nicht aus unserer Zeit."

„Uns hat Zeus gerufen, um einen Mörder zu fangen", rief Shirly elanvoll.

Die Gestalt entgegnete vorwurfsvoll: „Das wird auch Zeit! Dauernd kommen hier neue Opfer des verrückten Massenmörders an. Irgendwann werden auch Promis dabei sein, so dass sich die griechische Geschichte völlig verändert."

„Wer bist Du?", wollte Mandy neugierig wissen.

„Ich bin Aristoteles. Aber ich weiß nicht, wie Ihr hier rauskommen sollt. Es gibt zwei Eingänge. Einen über den Styx und einen über einen Strudel am Rhein. Aber von einem Ausgang habe ich noch nie gehört. Kommt mit, wir befragen Philosophenkollegen von mir."

Doch keiner von ihnen hörte je etwas von dem Notausgang, den Charon erwähnte.

Sokrates bemerkte: „Ihr seid nicht die zwei einzigen unbefugten Eindringlinge hier. Schaut Euch mal um, irgendwo findet Ihr noch ein anderes junges Mädchen. Vielleicht weiß die was."

Eine Falle? Ein wichtiger Hinweis? Doch wie im riesigen Hades ein anders Mädchen finden? Hier konnte sich jeder jahrelang an immer neuen Stellen aufhalten, die er vorher noch nie sah.

Die Fremdenführerin

Da sprach sie schüchtern stotternd ein junges Mächen an. Errötend fragte sie: „S-s-s- seid Ihr die Ma-Ma-Magierin und d-d-d die Elfe aus d-d-d der Zukunft?"

„Ja, woher weißt Du das?", erwiderte Mandy.

Nervös trat das junge Ding von einem Fuß auf den anderen. Um die durch Stottern sehr langen Dialoge zu verkürzen, gebe ich die Gespräche ohne ewig langes Stottern wieder.

„Mich schicken die Götter, um Euch abzuholen. Ich bin Herkulinchen, die Tochter von Herkules."

„Warum schicken die Götter ausgerechnet so ein schüchternes Mädchen wie Dich?", erkundigte sich Shirly neugierig.

„Weil wir drei zusammen arbeiten sollen. Ich soll Euch bei der Suche nach dem mysteriösen Mörder helfen. Und Ihr mir, meine zwölf Aufgaben zu erledigen."

„Die zwölf Aufgaben von Herkulinchen?", hakte Mandy verblüfft nach. „Warum musst Du denn diese Aufgaben erledigen? Ich dachte, dies tat Dein Vater."

„Na, ja. Das sollte er auch. Aber aus Angst ist er irgendwie in Eure Zeit geflohen. Nun soll ich stellvertretend seine Aufgaben lösen, damit die Götter ihn wieder reinlassen. Denn das versucht er seit Jahren vergeblich, findet aber nicht zurück."

„Unser Knecht Herkules!", schrie Shirly verblüfft. „Nicht zu fassen! Wir haben übrigens schon drei seiner Aufgaben auf unserem Hof erledigt."

Der Notausgang

Herkulinchen brachte die beiden Mädchen zum Notausgang aus dem Hades. Zentauren galoppierten fröhlich umher, Kriegerheere zogen vorbei. In welcher Zeit befanden die drei sich wohl gerade? In der Antike? Früher? Etwas später?

Mandy spekulierte: „Seit ich Charon zum ersten mal auf dem Styx fahren sah, hatte ich dasselbe Gefühl wie viele andere auch: Irgendwie scheint das Raum-Zeit-Gefüge extrem durcheinander zu sein. Vielleicht müssen wir deshalb unsere Mörderjagd in verschiedenen Epochen vollziehen."

Shirly seufzte: „Ich befürchte noch etwas viel Schlimmeres! Ich glaube zusätzlich daran, dass auch die Durchlässigkeit irgendwie gestiegen ist. Das heißt, dass Menschen aus unserer Zeit plötzlich hier im uralten Griechenland auftauchen können oder Menschen aus einer Epoche einer viel späteren Zeit."

„Na, und?", fragte Mandy ratlos. „Was ist daran so schlimm?"

„Das Schlimme ist", belehrte sie Shirly, „dass hier vielleicht auch die grausige Moorhexe oder die böse Fee Morgana auftauchen können. Oder wahlweise in unserer Zeit alte Monster von hier."

Sehr wahr!

Die zwölf Aufgaben

Shirly sprach zu Herkulinchen: „Ich habe in der Schule bei einer alten Hexe alles über die zwölf Aufgaben lernen müssen. Meiner Meinung nach sind sie kaum zu lösen. Wer es dennoch schafft, sollte nicht nur zum Halbgott erhoben werden, sondern zum Gott."

Verlegen knetete Herkulinchen ihre Hände: „Wer vor diesen Aufgaben auskneift, kann froh sein wenigstens zum Halbgott ernannt zu werden."

Mandy beruhigte beide: „Keine Angst, wir lernten in der Schule, dass Herkules alle seine Aufgaben löste. Also kein Problem für uns drei, dies stellvertretend für Deinen Vater zu tun. Da wir schon bei uns drei Aufgaben lösten, fehlen nur noch neun."

„Alle Neune!", rief Shirly wieder fröhlich. „Ehrlich gesagt macht mir die Mörderjagd mehr sorgen. Die Welt der Griechen war in der Frühzeit oder Antike so groß. Ein Weltreich! Dort einen Mörder zu finden ist sehr schwer."

Mandy ergänzte: „Ja, vor allem falls wir gerade zur Zeit Alexanders des Großen sein sollten. Da ging das griechische Reich bis Algerien und Indien. Wo sollen wir da suchen?"

„Stimmt, eine sehr gute Frage", gab Shirly ihr Recht.

Der alte Mann

Während sie die Straße entlang liefen, trafen sie einen alten Mann. Sie erkundigten sich bei ihm, ob er etwas Besonderes gehört hätte.

Der Alte meinte: „Nein, nur auffällig viele Soldatenkolonnen sind an mir vorbeigegangen."

Mandy erklärte altklug: „Ach, das werden die griechischen Soldaten sein, die gegen Troja ziehen."

„Ein Krieg gegen Troja?", wollte der Mann neugierig wissen.

„Ja, natürlich. Ich kann Ihnen alles darüber erzählen", prahlte Mandy. Sie erzählte dem Alten nicht nur alles über Troja, sondern auch die anschließenden Irrfahrten von Odysseus.

Dankbar rief der Alte: „Wunderbar! Da habe ich den Leuten vieles zu erzählen! Ich bin nämlich Geschichtenerzähler von Beruf. Mein Name ist Homer!"

Als die drei wieder allein die Straße entlang gingen, sprach Shirly angesäuert: „Es ist sehr schön, dass Du in der Schule so gut aufgepasst hast. Aber Du solltest eines bedenken: Alles was wir hier tun oder erzählen, kann ungewollt die Vergangenheit verändern. Wir müssen sehr aufpassen! Außerdem wissen wir ja nicht mal, WANN wir eigentlich hier unterwegs sind. Vor der Verfallszeit, danach…"

„Richtig", lenkte Mandy betroffen ein.

Kulturelle Gespräche

„Wie kamst Du übrigens ausgerechnet auf den Krieg gegen Troja? Wir könnten ja gerade auch in der Zeit des Krieges gegen Persien oder die Römer sein", ergänzte Shirly ihre Strafpredigt.

„Ja? Gab es die auch? Davon habe ich noch nie gehört", gab Mandy kleinlaut zu.

„Was? Davon weißt Du nichts? Wenn das unsere über alles geliebte Lehrerin, die grässliche Moorhexe wüsste!"

Verlegen entgegnete Mandy: „Ich kann doch nicht alles wissen! Das andere wusste ich in Wirklichkeit auch nur, weil es in den letzten Ferien daheim so dermaßen langweilig war, dass ich zum ersten mal in Vatis Bibliothek zwei seiner verstaubten Bücher las. Es gab leider nichts Besseres zu tun."

„Wenn das Deine arme Geschichtslehrerin ahnte", schloss Shirly das Gespräch ab. „Aus Kummer solche Ignoranten wie Dich zu unterrichten, würde sie sicherlich lieber vergiftete Hexenäpfel essen."

Zum ersten Mal kicherte Herkulinchen: „Tröste Dich Mandy. Mir geht es wie Dir. Was soll all die blöde Geschichte? Wir leben jetzt, was geht uns die Vergangenheit an? Es zählt nur die Zeit, in der wir leben."

„Und leiden", ergänzte Mandy, der die Füße vom vielen Laufen weh taten.

Verfolgung

„Wohin laufen wir eigentlich seit Ewigkeiten?", quengelte Mandy.

Nervös die Hände knetend erklärte Herkulinchen: „Zum Orakel von Delphi. Bestimmt kann es uns sagen, wo der Mörder gerade ist. Wie Ihr vorhin richtig bemerkt habt, ist Griechenland sehr groß. Ohne einen Tipp vom Orakel ist die Suche hoffnungslos."

„Was schaust Du eigentlich immer nach hinten, Shirly?", wollte Mandy wissen.

„Ich habe etwas sehr Interessantes entdeckt, nämlich Fußspuren", bemerkte die Elfe.

„Ja, und? Es ist normal, dass wir drei Fußspuren auf dieser staubigen Straße hinterlassen."

„Das schon. Aber hinter uns sind nicht Fußspuren von drei Personen, sondern von sechs."

„Was?", schrie Mandy. „Verfolgen uns unsichtbare Mörder?"

„Das glaube ich nicht", flüsterte Herkulinchen schüchtern. „Die hätten uns ja schon lange töten können. Vielleicht folgen uns Götter?"

Mandy mit ihren schmerzenden Füßen erwiderte: „Die würden ganz sicher fliegen, statt sich wie wir die Füße wund zu laufen. Wie kamst Du eigentlich darauf, dass uns jemand verfolgt, Shirly?"

„Mein Quzrbarouxl hat es mir angezeigt."

„Dein was?", schrie Mandy verblüfft.

„Mein Elfenradar", erklärte Shirly. „Alle Elfen haben einen magischen Warnmelder vor Gefahren. Nur leider ist er wegen Überbelastung meist leider auf off."

„Wer wie wir Detektivin ist oder in grusligen englischen Wäldern lebt, befindet sich eigentlich immer in Gefahr", bemerkte Mandy trocken.

„Eben. Deswegen hat der Elfenradar wegen Überbelastung oft einen magischen Kurzschluss."

„Ähm, ich will mich ja nicht einmischen", flüsterte Herkulinchen, „Aber wollen wir nicht gegen die Verfolger etwas unternehmen?"

„Das habe ich schon probiert", belehrte sie Shirly „Aber der Enttarnzauber scheiterte. Es müssen also Wesen mit Zauberspruchabblock-Magie sein."

„Oh, weh!", jammerte Mandy. „Hoffentlich nicht die böse Fee Morgana."

Die Falle schnappt zu

Während sie weiter liefen, murmelte Shirly: „Ich hasse es, von Unsichtbaren verfolgt zu werden. Warten die auf einen guten Augenblick, um uns zu töten?"

In diesem Augenblick flog der Vogel Phönix über die Unsichtbaren und meckert angewidert: „Bäh! Magische Wesen hasse ich!"

Mandy zuckte zusammen: „Dachte ich es mir doch! Die grässliche Moorhexe und die böse Fee Morgana! Was sollen wir bloß tun?"

Herkulinchen schlug vor: „Da vorn kommen sehr dichte Hecken. Da können wir reinspringen."

Mandy bezweifelte, dass ein derartiges Versteck gegen magische Verfolger half, doch auch sie erwog kurz die Flucht. Aber nicht sehr lange. Denn durch die Hecken kam das allerschrecklichste Monster, das sie je sah. „Wir sind umzingelt", keuchte die Arme angstvoll. „Vorne das Ungeheuer und hinten die beiden schrecklichen Killerinnen." Gab es für sie kein Entkommen?

Medusa

Die grässliche Medusa mit dem Schlangenhaupt freute sich schon auf einen leckeren Mädchenhappen. Genüsslich leckte sie sich die Lippen. „Ihr kommt gerade richtig zur Essenszeit!" Sprach sie freudig erregt. Doch ein grüner Blitz traf das Ungeheuer, welches daraufhin sofort starb. Fassungslos schauten die drei Mädchen nach hinten. Dort standen nicht ihre gefürchteten Feinde.

„Wer seid Ihr?", fragte Shirly völlig verblüfft.

„Wir sind die Mondgöttin Diana, die Fee Lea und die Elfe Leni."

„Ihr müsst aber sehr mächtige Magierinnen sein", sprach Mandy bewundernd.

„Gar nicht", erklärte Lea. „Das ist nur dieser Ring. Wir haben festgestellt, dass man damit nicht nur töten kann, sondern sich auch unsichtbar machen."

„Toll, so einen Ring will ich auch haben!", meinte Mandy sehnsüchtig.

Lea erwidert ironisch: „Leni will ihn auch haben, um uns nachts heimlich beobachten zu können."

Leni errötete, während unsere Freundinnen aus einer anderen Zeit verständnislos blickten. Diana kicherte. „Kümmert Euch nicht um die vorlaute Göre! Aphrodite hat uns gesagt, dass Zeus Euch zum Ermitteln hergeholt hat. Doch das hat sich erledigt, wir haben den Mörder soeben getötet."

Mandy fragte traurig: „Dann sind wir umsonst da?"

Diana tröstet: „Nein, keineswegs. Wir erledigen jetzt zusammen die zwölf Aufgaben für Herkulinchen und dann macht Ihr mit uns etwas Urlaub, bevor Ihr wieder heimkehrt."

Nachts

Als unsere Freundinnen nachts ruhten, erklangen äußerst merkwürdige Geräusche. Litt da jemand an Bauchweh? Es erklang lautes stöhnen. Mandy und Shirly gingen neugierig nachschauen und kamen dann völlig fassungslos zu ihrem Schlafplatz zurück. „Was die beiden da miteinander machen! Ich wusste gar nicht, dass Menschen sowas miteinander machen!", stellte Mandy fest.

Shirly ergänzte: „Offensichtlich macht es Spaß. Wie die darauf kamen?"

Leni gähnte: „Oh, das machen die mehrmals am Tag. Es scheint ihnen gut zu tun."

„Ja?", wollte Mandy mehr wissen. „Kennst Du Dich da auch aus?"

Errötend sagte Leni: „Keineswegs! Ich lasse niemanden an mich heran!"

Shirly und Mandy blickten sehr enttäuscht. Weil ihre Neugier nicht befriedigt wurde? Oder wollten sie mit Leni zusammen die Liebe kennenlernen? Vergab Leni hier leichtfertig die Chance, mit sehr netten Mädchen erste Erfahrungen zu sammeln? Da sich die Wege der Mädchen bald trennten, gab es für Leni auch nicht die Chance, es sich nochmals anders zu überlegen. Leni zog mit Diana und Lea weiter durch die antike Welt, wobei die Elfe bestürzende Abenteuer erlebte, die sie völlig verwirrten und bei denen Leni wichtige Entscheidungen treffen musste, die ihr ganzes Leben verändern sollten. Darüber wird in Band 4 dieser Reihe berichtet. Herkunlinchen zog mit Shirly und Mandy auf eigene Faust los, um ihre zwölf Aufgaben zu lösen, welche es in sich hatten. Würden die drei es schaffen? Warum trennten sich ihre Weg von denen der anderen? Wäre es nicht besser gewesen, zu sechst die äußerst gefährlichen Abenteuer zu bestehen? Das erfahren die geneigten Leser/innen im dritten Band dieser Reihe. Bis bald!

Über die Autorin Lea Lisa Lesbos:

Lea Lisa Lesbos lebt mit ihrer Lebenspartnerin Diana in der Nähe eines magischen Baumkreises. Dieser gibt beiden Autorinnen Ruhe, Kraft und die Inspiration zu zahlreichen Büchern, die unter verschiedenen Pseudonymen erscheinen.

In der Mondgöttin Buchreihe erschien bisher:

„Die Todesfalle für die Mondgöttin"

„Die Mondgöttin und der mysteriöse Todeszauber"

„Die Entführung Kassandras und des Orakels von Delphi"

Nachwort

Liebe Leser:innen,

Sie sind nun an das Ende meines kleinen Büchleins gekommen. Ich hoffe, Sie gut und abwechslungsreich unterhalten zu haben.

Falls Sie beim Lesen auf den Geschmack gekommen sind, so gibt es von mir viele weitere schöne Bücher zum selber Genießen oder als originelles Geschenk für andere. Etwa zu Ostern, Weihnachten und Geburtstagen.

Mit freundlichen Grüßen und hoffentlich bis bald!

Ihre Lea Lisa Lesbos

MIX

Papier | Fördert
gute Waldnutzung

FSC® C083411

Zeitfracht Medien GmbH
Ferdinand-Jühlke-Straße 7
99095 Erfurt, Deutschland
produktsicherheit@kolibri360.de